Traduit du japonais par Jean-Christian Bouvier

Titre de l'édition originale : « Buru-kun to Kana-chan »
Fukuinkan Shoten Publishers, Inc., Tokyo, Japan, 2003
Loi numéro 49 956 du 16 juillet 1949 sur les publications
destinées à la jeunesse : mars 2009
Dépôt légal : mars 2009
Imprimé en France par Pollina à Luçon - n° L49425
ISBN 978-2-211-09478-8

Yumiko Fukuzawa

C'est pas gagné !

l'école des loisirs
11, rue de Sèvres, Paris 6e

Boule, le bouledogue, vient juste d'arriver chez Kana.
Il est un peu intimidé, mais il a très envie de devenir son ami.

Alors, il lui dit très gentiment bonjour.

Mais ça ne fait pas plaisir à Kana.

Que faire pour devenir son ami ? se demande Boule.
Oh, mais je connais cette chanson… si je chantais avec elle ?

fff

Frère Jac-ques, Frère Jac-ques, Ouah ! Ouah ! Ouah !

Mais ça ne fait pas plaisir non plus à Kana.

J'ai une idée, se dit Boule, je vais lui montrer que je suis aussi sage et doux que son ours en peluche.

Regarde Kana, comme je suis gentil…

Ça ne marche pas non plus.

C'est fichu, pense Boule.
Je ne réussirai jamais à être son ami.

Boule est triste, si triste, qu'il se cache au fond de sa niche et ne veut rien manger.

Pauvre Boule, se dit Kana. Il n'aime pas sa pâtée.
Peut-être qu'il préférerait mon beignet ?

C'est pour moi ? se demande Boule.

AAAAAAAAAHHH...

MIAM !

Trop drôle ! Encore ! dit Kana.

Comme c'est agréable de faire la sieste,
blottie contre son meilleur ami !